RÉFLEXIONS
LITTÉRAIRES ET CRITIQUES
AU SUJET
DE LA CAROLÉIDE,
ET SUR
LE PLAN DE CE POÈME.

Par le Cen L. Le Clerc, Instituteur

DE L'IMPRIMERIE DE S.-A. HUGELET,

A PARIS,

Chez { L'Auteur, rue du Petit Vaugirard, N°. 226.
Et les Marchands de Nouveautés.

An XII. — 1804.

RÉFLEXIONS
LITTÉRAIRES ET CRITIQUES
AU SUJET
DE LA CAROLÉIDE,
ET SUR
LE PLAN DE CE POÈME (1).

> *Vixere fortes ante Agamemnona*
> *Multi : sed omnes illacrimabiles*
> *Urgentur, ignotique longâ*
> *Nocte; carent quia vate Sacro.*
> HOR. Od. L. 4.

TANDIS que des écrivains célèbres consacrent leurs veilles à traduire en vers français les Poèmes héroïques de l'antiquité et les ouvrages épiques des modernes, voilà qu'il s'élève tout d'un coup au milieu de la Nation Française un homme qui soutenu de ses connaissances multipliées, fort de ses opinions et de ses sentimens, autant pénétré de terreur et de

(1) Ces Réflexions devaient paraître peu de tems après la publication du *Plan de la Caroléide*, par M. Théveneau. J'avais la promesse de les voir insérées dans le Moniteur, et j'attendais. Mais des objets politiques et d'un intérêt bien supérieure à cet opuscule, éloignant sans cesse tout ouvrage de littérature, je me suis décidé à faire imprimer séparément mes réflexions.

pitié pour les désastres universels qui ont frappé la Nation, même en son cœur, qu'épris d'une juste admiration et d'un véritable enthousiasme pour les évènemens grands, héroïques, surnaturels, qui ont à peine trouvé le tems et la place de se succéder pendant la dixième partie d'un siècle; voilà, dis-je, qu'il s'élève un homme à qui son imagination a inspiré l'idée d'une création épique, dont le héros et le sujet sont consignés dans les fastes du peuple Français.

Ce n'est pas que cet auteur ne soit déjà connu et apprécié. Les poètes dont je veux parler ont mérité depuis long-tems un nom par des travaux constans et d'élégantes traductions. Des travaux médités et créés ont fait remarquer le nom du poète que je cite. M. De Saint-Ange s'est illustré par sa traduction poétique des Métamorphoses d'Ovide. M. De Lille l'avait devancé par celle du poème didactique le plus difficile à faire passer poétiquement dans notre langue. M. Théveneau a obtenu de la renommée par le poème d'*Hercule au mont Œta*, celui de la *Construction des Hopitaux, la mort de Brunsvvick, l'Illusion*, &c. Les uns scellent leur brillante réputation par des ouvrages immortels, et que vingt années ont à peine vu terminer; l'autre veut se faire une réputation par l'œuvre la plus grande que puisse entreprendre l'esprit humain; les premiers ont acquis un noble éclat justifié par la voix de leurs contemporains, le second recherche la gloire et aspire à l'héritage de la postérité.

Si les tems et les nations offrent des rapports généraux, si les siècles y reproduisent quelquefois certaines ressemblances dans la mobilité des opinions et la marche des évènemens, ils présentent aussi plusieurs points d'analogie relativement aux hommes placés au-dessus de tous les hommes par leurs qualités guerrières et politiques. On dirait que les siècles tournent sur eux-mêmes, et qu'ils ont, comme les globes immenses, des révolutions, une grandeur, une décadence périodiques qui changent la face de la terre, bouleversent de grands empires, élèvent ou abaissent les nations tremblantes, et après de longues tempêtes et de vastes naufrages, font naître soudain un de ces génies extraordinaires que les peuples étonnés reçoivent avec admiration, avec reconnaissance. Ces génies, la Muse épique les réclame et se les approprie comme la Muse de l'histoire. Mais heureux ceux qui déjà immortels par la splendeur de leurs actions et le charme de leurs vertus, le deviennent une seconde fois dans les vers des poètes, qui, pour célébrer un héros, ont embouché la trompette héroïque. Heureux Achille ! d'avoir rencontré un Homère pour chanter son courroux, son oisiveté, sa valeur. Mais combien de héros et de grands hommes, venus avant ou après, ont mérité aussi bien que cet impétueux vainqueur d'Hector, d'être chantés par un Homère ! *Vixêre fortes ante Agamemnona multi.*

Les combats, les batailles, les sièges, la destruction, tout cela éblouit, étonne, fatigue ;

on aime après tout ce fracas, après ces secousses prolongées, à reposer son imagination et son cœur sur la douce peinture des vertus bienfaitrices de l'humanité; on aime, après avoir vu le char sanglant de la victoire, à entendre les peuples bénir un vainqueur qui les a préservés d'un honteux avilissement, ou sauvés d'un dur esclavage pour les rendre aux jouissances de la paix générale, aux plaisirs de la paix intérieure, aux douceurs de la paix domestique; on aime à contempler un vainqueur dont la main puissante relève les temples de la divinité protectrice des empires, un héros qui rallume la sainteté de la morale publique, donne une nouvelle vie au commerce, ranime l'industrie languissante, rappelle les arts fugitifs, protège les sciences, honore les savans et montre un front plus embelli de feuilles d'olivier, de couronnes de chêne que chargé de branches de laurier.

Voilà les héros que l'Epopée revendique pour en faire l'entretien des siècles avenir; et si les remparts de Troye, si les murs de Larysse et de Rome nous en offrent d'impérissables modèles, les fastes du peuple Français livrent à nos regards plus d'un héros que n'eût peut-être pas bravé la bouillante ardeur du fils de Pélée, et devant lequel Enée eût peut-être éprouvé le sort de Turnus.

Les règnes de Pharamond, de Clovis, de Charles VII, n'ont-ils pas été envisagés par certains auteurs comme présentant des sujets héroïques? n'offrent-ils pas en effet les admirables actions de héros qui, favorisés de la fortune, ou conduits par une inspiration divine, exécutent de grands desseins, en triomphant de tous les obstacles qui s'y opposent.

Pharamond, fondateur reconnu de l'empire des Francs, est-il donc au-dessous du fondateur fabuleux de l'empire de Romulus? et les Gaulois, nos ancêtres, dont Pharamond était le chef, cette nation belliqueuse et puissante qui battit tant de fois ces superbes Romains, qui s'empara de leur capitale et la saccagea, qui prêtait sa valeur et louait ses bras aux rois de la terre (1), ces Gaulois sont-ils donc inférieurs aux restes infortunés d'Ilion, à ces Phrygiens errans, souche romanesque de la dominatrice du monde.

Clovis, qui héros à dix-neuf ans, remporte une victoire signalée sur Syagrius, général des Romains, aggrandit son empire des débris de leur empire chancelant et déchiré; abandonne le culte barbare des idoles, et pour prix de sa conversion volontaire, effet de la puissance de la vérité, défait les Allemands à Tolbiac; va, sous les auspices de St-Remy, se régénérer dans les eaux baptismales à Rheims; tue de sa propre main, à la bataille de Vouillé, Alaric, roi des Visigoths; mais

---

(1) Neque reges Orientis sine mercenario Gallorum exercitu ulla bella gesserunt; neque pulsi regno ad alios quam ad Gallos confugerunt. Tantus terror Gallici nominis et armorum invicta felicitas, ut aliter neque majestatem suam tutam, neque amissam recuperare se posse sine Gallicâ virtute arbitrarentur.

JUSTIN. Lib 45. Cap 2.

qui, en se montrant habile politique, en établissant des lois qui tendaient à policer la nation, en déployant un zèle respectueux pour la religion et ses ministres, souille sa vie par le meurtre de ses parens, de ses amis; tant les crimes sont voisins des vertus!

Charles VII, faible et voluptueux successeur d'un père imbécille et d'un roi le jouet de deux puissantes factions; un royaume livré aux fureurs des partis, menacé d'une guerre civile; les Français découragés, abattus par les défaites de Crécy, de Poitiers, d'Azincourt et de Verneuil; l'Anglais régnant dans Paris et la moitié de la France; Bedfort nommé régent du royaume; Henri VI, roi d'Angleterre, couronné à Paris, poursuivant le cours de ses conquêtes; une jeune fille que le ciel fait naître dans une humble condition et sortir d'un état méprisé pour l'instruire et la former à la fatigue des camps, à l'honneur des armes, à la valeur des héros, à la gloire des batailles, au triomphe de la nation et de son roi; mais qui, dépassant les limites d'un héroïsme naturel, s'élève à une seconde immortalité du sein des flammes allumées pour l'immortel opprobre du peuple Anglais; des héros tels que La Trémouille, Richemond, La Hire, le comte de Dunois; une reine-mère rébelle, victime de sa trahison et terminant ses jours dans une honteuse misère; le Français secouant le fardeau de la domination anglaise, ouvrant les portes de Paris à Charles victorieux et triomphant; enfin dans ces tems-là même, l'invention de cet art qui franchit l'intervalle des climats et des siècles, multiplie les connaissances des grands hommes, s'oppose au retour de la barbarie et des ténèbres, l'Imprimerie, vient couronner les grands évènemens de ce règne, et une révolution inespérée, due à l'habileté des généraux, au courage de la noblesse, à la bonne discipline des troupes, aux troubles de l'Angleterre agitée par la maison d'Yorck et de Lancaster qui se disputaient le trône.

O gloire littéraire de la Nation! tu n'as pu être augmentée, embellie par des sujets aussi riches, aussi vastes, nés pour la poésie épique par la multiplicité d'incidens naturels et variés qui croissent d'eux-mêmes dans l'action principale? O honte! des évènemens aussi célèbres, aussi héroïques ont été contrefaits, défigurés par des ouvrages d'une imagination lourde, extravagante, d'un style tudesque et barbare, par des hommes dont les noms enchâssés dans les vers de la satyre, s'en vont à la postérité, synonimes d'injure et ridicule.

Henri IV, aussi digne que ses prédécesseurs d'être un héros d'Epopée, a rencontré une plume beaucoup plus épique, plus analogue à ses malheurs, à ses victoires, à ses vertus, à ses faiblesses. Je dirai de la Henriade à peu près ce que M. Addisson disait du Paradis perdu : Refusez-vous à la Henriade le titre de poème épique? Appellez-la, si vous voulez, un poème royal (1), et confessez que dans le rang

---

(1) L'on a demandé si le *Paradis perdu de Milton* peut être appellé un poème héroïque. Il ne tiendra qu'a ceux qui ne veulent pas lui donner ce titre, de le nommer un poème divin. *Remarques de M. Addisson sur le Paradis perdu.* Ce *divin* est un jeu de mot.

inférieur où l'on s'obstine à la placer par rapport à l'Iliade, l'Enéïde, la Jérusalem délivrée, le Paradis perdu et la Lusiade, ce n'est pas moins un monument élevé à la gloire de la Nation, un ouvrage de génie écrit avec une élocution claire, majestueuse et quelque fois sublime, où l'intérêt général se trouve réuni à l'intérêt particulier, où le pinceau du poète n'a déguisé ni *les malheurs du peuple* ni *les fautes des princes*, où les fictions soit merveilleuses soit allégoriques portent avec elles un caractère de grandeur et de noblesse, découlent naturellement du sujet, et n'attachent ni l'attention ni le cœur aux dépens des principaux personnages, où enfin la religion établit son triomphe sur la discorde et les enfers, avec la justice et les droits d'un monarque paternel.

Je dirai, en passant, que tandis qu'on reprochait à Voltaire d'être tombé dans le défaut de Lucain, d'avoir écrit les mémoires de la Ligue en vers harmonieux, et par-tout récités, tandis qu'on refusait à la Henriade le titre de poème épique, la partialité voulait en glorifier un roman, admirable à la vérité par sa conception, par l'éloquence et la mélodie de sa prose, mais que l'immortel et judicieux Fénélon, plus savant, plus modeste, plus juste que ses panégyristes, s'est bien gardé d'appeler du nom de poème. Je ne réchaufferai point une dispute littéraire qui n'a été agitée qu'au tribunal de l'enthousiasme, ou d'une livide envie; mais si l'on soutient que la Henriade n'est pas un poème épique, je prétens que devant des esprits sensés, jamais Télémaque ne le fut et qu'il ne le sera jamais, ou bien si Télémaque doit obtenir ce titre, il faudra bien accorder les honneurs de l'Epopée au roman de Richardson, à Clarisse, un des chef-d'œuvres de l'esprit humain.

Quelques personnes regarderont ces réflexions générales sur l'Epopée, comme étrangères au plan de *la Caroléide*; j'avoue qu'elles en peuvent paraître un peu éloignées. Mais ayant à parler du plan d'un ouvrage épique, œuvre dont on a cru le génie français incapable, j'ai pensé qu'il ne serait pas hors de propos de m'entretenir des héros et des évènemens les plus glorieux de notre histoire qui ont servi de bâse à la création de certains poëmes, (et cependant j'ai omis le St-Louis du père Le Moine) puis des poëmes antérieurs sur lesquels on établissait notre impuissance, enfin du poëme qui, en réparant notre stérilité, a vengé la nation des reproches des nations étrangères, et renversé un paradoxe qui n'a d'autre raison d'un faible crédit que d'injustes critiques, ou plutôt les satyres anti-nationales de certains zoïles qui sont pour ainsi dire parvenus à frapper les esprits d'un sentiment de faiblesse et d'incapacité.

Je reprends l'ordre des tems que j'ai interrompu, et je remonte à la seconde race pour m'arrêter à une des époques les plus illustres de notre histoire, à un monarque qui s'est couvert de tous les genres de gloire, au génie le plus rare, le plus étonnant de son siècle, je dirai volontiers, de toute la monarchie Française, Charlemagne, que la nature sembla prendre plaisir à former, pour embellir son corps des dons d'une haute taille, d'une force extraordinaire, d'un extérieur majestueux; pour orner son ame de la réunion de toutes les qualités qui constituent le grand homme et le héros. Invincible capitaine, habile politique, sage législateur, prince affable, roi bienfaisant, philosophe éclairé dans un siècle d'ignorance, son génie embrassait en un instant les objets les plus disparates, concevait les plans les plus vastes, les combinait avec sagesse, les exécutait avec une heureuse et rapide fortune. De la sublime hauteur de son gouvernement, il descendait sans peine aux détails multipliés de son administration intérieure. Pour se délasser de ses courses victorieuses d'un bout de l'Europe à l'autre, il revenait avec l'hiver dans ses états convoquer les assemblées de la nation, entretenir des forces navales aux embouchures des grandes rivières, animer le commerce, en favoriser l'activité, du Tibre à l'Elbe, de la mer Adriatique à l'Océan, limites de l'étendue de son empire, mais non de la grandeur de sa gloire. Il appela près de lui des savans, s'occupa d'effacer la rouille de barbarie répandue sur l'esprit de la nation, enfin, il essaya de la retirer du cahos où elle était plongée.

Le règne de cet empereur est un des plus féconds en événemens militaires et politiques, en actions guerrières, images de l'invraisemblance. L'on y suit ces fameux paladins, ces nobles fous conduits par l'honneur, la gloire et l'amour, volant aux aventures les plus incroyables, pour redresser des torts, venger des injures, publier et défendre jusqu'à la mort les charmes de leurs belles. L'on y admire ces illustres chevaliers dont les actes de bravoure, de dévouement et de force corporelle ne peuvent trouver de comparaison que dans les demi-dieux des tems fabuleux ou les héros bien plus vrais des guerres de la République. Je vois l'Orient, le Nord et le Midi conjurés s'avançant contre Charles, seul appui de l'Occident. Ici Witikind, second Arminius, et Godefroi enflamment les Scandinaves, ressuscitent les Saxons; là Didier et Adalgise son fils marchent à la tête des Lombards et des Huns; plus loin les Sarrazins, conquérans de l'Espagne, s'avancent, sous la conduite d'Abdérame, pour envahir l'Aquitaine; ailleurs Tassillon soulève les Germains et les Bavarois; en même tems Irène, cette Impératrice fameuse par son courage et par ses crimes, arme Constantinople et ses flottes du Bosphore. Dans sa cour, Pépin, son fils aîné, dévoré d'une criminelle ambition, brûlant d'ôter le jour et le trône à son père, s'unit à un vil ramas de conjurés, leur prodigue les trésors d'une puissance jalouse et furibonde, leur distribue les poisons et les poignards que ses parricides mains ont préparés. Mais Charles dissipe les nombreux ennemis qui menacent son empire, il se joue de tous les piéges, il triomphe de tous les dangers qui se multiplent sous ses pas, et pour me servir des expressions de M. Théveneau,

Et vainqueur de Bizance,
Il revêt des Césars la pourpre et la puissance.

Frappé de la puissance et de la gloire de l'empereur d'Occident, le seul homme qui dans l'univers l'égalait par ses conquêtes, et le surpassait par ses lumières, le célèbre Aaron Rachild, Calife de Bagdat, députe deux ambassades qui, déposant à ses pieds et devant sa cour martiale les rares et précieux présens de la Perse et de l'Arabie, semblent y déposer aussi, comme tribut, la puissance et la gloire du Calife.

C'est dans cette mine abondante, c'est dans cette masse d'évènemens tous appuyés du témoignage de l'histoire, c'est dans les détails multipliés qui les accompagnent, et les nombreux incidens qui en varient la couleur, semblent venir d'eux-mêmes aider l'imagination du poète, ranimer sa verve, récréer ou *assombrir* ses pinceaux, que M. Théveneau a puisé le sujet de son poème épique.

Avant de crayonner une rapide esquisse du plan de *la Caroléïde*, c'est ici le lieu de demander s'il est de la prudence et de l'intérêt d'un auteur de donner au public la connaissance prématurée d'un ouvrage à peine revêtu de sa première enveloppe, et de mettre le monde littéraire dans la confidence de l'ébauche de ses pensées et de ses méditations, dans le secret de ses craintes ou de ses espérances. Tout plan ne peut avoir que deux qualités; ou il est bon, ou il est mauvais. S'il est bon, cette qualité n'a pu lui être accordée que par le jugement sévère et pour ainsi dire mystérieux de quelques hommes de goût, *confidens sincères, et de tout défaut zéles adversaires;* jugement confirmé d'avance par une discussion longue, approfondie et détaillée sur chacune des parties de l'ensemble, de leurs rapports, de leur coïncidence; jugement que ne pourront infirmer des observations publiques et subséquentes, rarement inspirées par une saine critique, peut-être dictées par la partialité, souvent publiées par un sentiment de présomption et pour se parer fastueusement du savoir et du nom d'Aristarque. Et d'ailleurs quel intérêt, quel plaisir le commun des lecteurs pourra-t-il prendre à la lecture de l'essai d'un ouvrage, qui loin de préparer des sensations, d'allumer des desirs, sollicite des conseils, et va timidement sonder l'impénétrable abîme de l'opinion publique? je suis donc porté à croire qu'il était inutile de publier un plan. S'il est mauvais, l'auteur a fait imprudemment l'expérience de ses forces, il a mis au grand jour sa faiblesse, et démontré l'impuissance de son génie, il est jugé sans retour; il est raillé et mis au rang des Cassaigne et des Chapelain; il était donc inutile de publier un plan (1).

---

(1) Je me rappelle avoir lu huit chants d'un poème de Clovis de M. Saint Didier. J'ai sondé, dit-il dans sa préface, le jugement du public; c'est à lui à décider si mon ouvrage mérite que je me donne la peine de l'achever. Il ne l'acheva pas.

L'auteur dans une courte préface répond : « Qu'il a voulu publier son plan avant tout ; » parce que, s'il a des défauts, des critiques » sages et l'opinion publique pourront les lui » indiquer. » Mais d'abord la fable d'une action épique étant l'objet le plus essentiel et le plus pénible de la création, si quelqu'une des parties est vicieuse, soit dans sa construction, soit dans ses proportions, si leur union n'est pas naturelle, si le jeu des ressorts se trouve arrêté par un motif frivole, ou un obstacle imprévu, l'échafaudage s'écroule de fond en comble, et l'ordonnance générale de l'ouvrage doit être reconstruite sur de nouvelles dispositions. De plus, le plan d'un poème épique n'est-il pas un squelette informe qui doit demeurer enseveli dans le cabinet de l'auteur, n'être vu que de ses regards ou d'un petit nombre d'amis éclairés ? Un plan n'est-il pas un assemblage d'ossemens, rangés avec ordre à la vérité, mais dont le spectacle anatomique, et l'aspect mortuaire, si j'ose parler ainsi, doit lasser la vue, s'il ne l'offense et ne la repousse. Je persiste donc en mon opinion, et je soutiens que la publication du plan d'un poème, ne fût-elle préjudiciable ni à l'ouvrage ni à l'auteur, ne peut servir que très-faiblement ses intentions et son attente.

L'auteur sollicite des *critiques sages* : mais a-t-il oublié que la critique est dégénérée en un vile et dégoûtante satyre, engendrée par de sordides spéculations, par un contrat tacite à flatter les passions de goût et de mode

mode chez les puissans et chez les riches? Quelle *sage critique* peut-il espérer de l'infâme coalition de certains mauvais esprits, dont la plume vendue et gagée distille goutte à goutte les venins de la calomnie? Quelle *sage critique* attendre de quelques prétendus *sages* qui se proclament audacieusement les réformateurs des mœurs, et qui encensent les vices des hommes que leurs richesses ont dispensés de vertus; les rectificateurs de toute opinion, et qui furent et sont aujourd'hui même les criminels courtisans de toutes les opinions qui servent leurs passions et leurs intérêts; les juges de toute espèce de mérite, et dont la vie, les écrits et la conduite ne sont qu'un éclatant tissu de contradictions, de mensonges, de ridicules, de sottises, d'impudences et de bassesses (1).

J'ajoute à mes faibles expressions les éloquentes, les fortes pensées d'un célèbre académicien, dans son éloge de M. de Montesquieu: « Il méprisait sans peine les critiques ténébreuses de ces auteurs sans talens, qui, » soit par une jalousie qu'ils n'ont pas droit » d'avoir, soit pour satisfaire la malignité du » public, qui aime la satire et la méprise, » outragent ce qu'ils ne peuvent atteindre, » et, plus odieux par le mal qu'ils veulent » faire, que redoutables par celui qu'ils font, » ne réussissent pas même dans un genre

(1) Voyez, pour plus grand éclaircissement, au troisième livre de l'Enéide, la description des Harpies et leurs fonctions.

» d'écrire que sa facilité et son objet rendent » également vil. Il mettait les ouvrages de » cette espece sur la même ligne que ces » nouvelles hebdomadaires de l'Europe, dont » les éloges sont sans autorité et les traits sans » effet, que des lecteurs oisifs parcourent » sans y ajouter foi, et dans lesquels les sou- » verains sont insultés sans le savoir, ou sans » daigner s'en venger. »

Je vais tâcher d'esquisser le plan de la Caroléide.

Charlemagne, vainqueur de l'Orient, du Nord et du Midi, fait son entrée triomphante dans Aix-la-Chapelle. Il est environné de sa famille, de toute sa cour, des compagnons de ses victoires; les chefs captifs environnent son char, Witikind est du nombre. Charles, au milieu du peuple assemblé, promet la liberté aux rois vaincus, s'ils jurent de le reconnaître pour souverain : Witikind préfère l'esclavage. Des tournois se préparent, tandis que Pépin, fils naturel de Charles, nourrit des projets de conspiration, cherche des complices, et trouve miraculeusement un agent inespéré de ses forfaits, dans la personne imaginaire du fils d'Hartrade, descendant des rois de Thuringe, d'Ismenor, qui jure à Charlemagne une haine éternelle sur le cœur palpitant du fils de Fastrade, jadis épouse de l'empereur.

Les tournois sont ouverts. Tout-à-coup paraît Constantin, fils de l'impératrice Irène, lequel demande la main de la fille aînée de Charles, promise à Isambard exilé de la cour,

Giafar (1) s'avance ensuite à la tête de l'ambassade du Calife de Bagdat. Constantin, vainqueur de tous ses rivaux, réclame le prix de sa victoire ; on le lui refuse s'il n'est aussi vainqueur d'Isambard. Les jeux finis, *le Barde Odinsée* chante dans le palais les victoires des Français, sur Didier, roi des Lombards. Cependant Isménor et Pépin conspirent dans les jardins de Charlemagne ; ils sont écoutés par Hermengarde, fille de Didier. Un buffle sauvage désole les campagnes. Charles va seul affronter le monstre, dont Isménor a ceint la tête et les cornes de matières inflammables. Le roi est renversé, Isambard apparaît, sauve

(1) *Giafar* ou plutôt *Abougiafar Almanzor*, second Calife de la Dynastie des Abassides, ne fut point l'ambassadeur du Calife *Aaron Rachild*. Abougiafar fixa vers l'an 770, le siège de ce grand empire à Bagdat, nouvelle Babylone, au-delà de l'Euphrate, dans la Chaldée, tandis que l'ambassade d'Aaron Rachild ne fut envoyée à Charlemagne qu'en 806. Maîtres du trône et de l'autel, du glaive et de l'enthousiasme, leur puissance menaça toute la terre. Nous Français, peut-être serions-nous aujourd'hui Sarrazins ou Mahométans, si Charles Martel n'eut, près de Tours, ôté la victoire et la vie à Abdérame conquérant de l'Espagne et maître de la Guienne et du Poitou. Je me rappelle quatre vers de Voltaire traduits de l'Arabe, sur la disgrace de Giafar le Barmécide :

Mortel, faible mortel, à qui le sort prospère
Fait goûter de ses dons les charmes dangereux,
Connais quelle est des rois la faveur passagère,
Contemple *Barmécide*, et tremble d'être heureux.

M. de Voltaire appellait le cardinal de Richelieu *Barmécide* ; et dans une pièce de poésie, il lui adressa ce dernier vers.

ses jours, et revient combattre Constantin qui est vaincu. Pendant le repos de Charles, malade de sa chûte, *le Druide* Azémor retrace dans ses chants la bataille de Roncevaux et la mort de Roland. Isménor poignarde le médecin de Charles, s'enveloppe de ses habits, et vient présenter au roi un breuvage empoisonné. Hermengarde qui sait tout, accourt, va parler, mais Isménor lui plonge un poignard dans le sein et s'échappe. *Le Troubadour* Archambaud, pour calmer la tristesse du monarque, célèbre ses victoires sur les Suèves, son mariage avec Madelgarde, la prise de Magdebourg et celle de Witikind. Les amours romanesques d'Emma et d'Eginard, ceux de Rozamonde et de Witikind servent ici d'Episodes. Cependant Pépin qui conspire toujours avec Isménor a placé des gardes séduits à la porte de Charlemagne; il voudrait aussi gagner Witikind. Celui-ci dissimule, sauve les jours de l'empereur et retourne chez les Saxons. Pépin est jetté dans un cloître, et Isménor, réservé au supplice, endort son garde par le moyen d'un livre enchanté; puis avec des herbes magiques brise ses fers, égorge la sentinelle et s'évade.

Délivré des conspirations domestiques, Charlemagne s'occupe des travaux de la guerre. Il envoye ses trois fils, l'un dans l'Italie, l'autre en Aquitaine, le troisième contre les Saxons. Le Visir Giafar, dans un entretien secret, lui remet les clefs du Saint Sépulcre, lui dévoile les crimes d'Irène et des

Iconoclastes (1). Il lui annonce aussi le soulèvement de l'Italie entière, qu'il vient d'apprendre *par l'entremise d'un de ces oiseaux fidèles, messagers si connus dans tout l'Orient* (2). L'armée des Saxons est défaite. [illegible]énor, échapé de sa prison, mais toujours

(1) Une superstition qui abaisse l'esprit autant que la religion l'élève, dit M. de Montesquieu, plaça toute la vertu et toute la confiance des hommes dans une ignorante stupidité pour les images; et l'on vit des généraux, lever un siége et perdre une ville pour avoir une relique. . . . . . . Léon l'Isaurien, Constantin *Copronyme*. Léon, son fils, firent la guerre aux images : et après que le culte en eut été rétabli par l'impératrice Irène, Léon l'*Arménien*, Michel *Le Bègue* et Téophile les abolirent encore. Ces princes crurent n'en pouvoir modérer le culte qu'en le détruisant : ils firent la guerre aux moines qui incommodaient l'Etat; et prenant toujours les voies extrêmes, ils voulurent les exterminer par le glaive au lieu de chercher à les régler. . . . . La guerre que les empereurs Iconoclastes déclarèrent aux moines fit que l'on reprit un peu les principes du gouvernement; que l'on employa en faveur du public les revenus publics, et qu'enfin on ôta au corps de l'état ses entraves. Quand je pense à l'ignorance profonde dans laquelle le clergé Grec plongea les Laïques, je ne puis m'empêcher de les comparer aux Scythes, dont parle Hérodote, qui crevaient les yeux à leurs esclaves, afin que rien ne put les distraire et les empêcher de battre leur lait.

Grand. et Décad. des Rom. Chap. 22.

(2) Questo il secreto fù che la scrittura
In barbariche note havea distinto
Dato in custodia al portator volante
Che tai messi in quel tempo usò il levante.

Jeroso. Libe. Canto. 18.

vil scélérat sans succès, égorge un voyageur, se déguise sous ses habits et fait donner de faux avis à l'armée d'Egbert. Celui-ci est vaincu et fait prisonnier avec Isambart son ami. Ils sont livrés aux prêtres d'Irmensul (1). Isménor, caché dans les entrailles du dieu, veut bien se contenter d'une seule victime. Les deux guerriers renouvellent la scène d'Oreste et de Pilade. Isambart désigné combat et renverse la statue de la divinité Antropophage, et découvre les ressorts cachés qui animaient et faisaient parler Irmensul. Voldemar son grand prêtre s'enfuit avec Isménor, et les lieutenans de Charles regagnent les remparts de la ville d'Aix. Cependant Constantin entraîne dans la guerre tous les princes d'Italie. D'un autre côté, Charlemagne vole au secours de son armée défaite par les Saxons : ils sont vaincus, Eresbourg est prise, et Witikind, lassé de ses malheurs, embrasse la religion Catholique. De la Saxe, l'empereur court à l'armée des Alpes, et *attendant qu'il puisse attaquer ses ennemis, il va seul déclarer la guerre aux monstres des forêts et des montagnes*. Il rencontre trois ours et Didier vivant avec eux (2). Celui-ci quitte

(1) Dans la ville d'Eresbourg, les Saxons avaient élevé un temple principal, autrefois dédié au dieu *Tanfana*, principe universel, et pour lors au dieu *Irmensul*, soit que ce dieu fut celui de la guerre, l'*Arès* des Grecs, le *Mars* des Romains, soit qu'il ait été consacré au fameux *Arminius*, vainqueur de Varrus, et vengeur de la liberté Germanique.

(2) Œlien, Photius, Pline, Sénèque rapportent différens

sa retraite pour engager les princes d'Italie à la paix; Isménor, d'une flèche, lui perce le cœur, et d'une autre, le casque de Charlemagne. Un grand combat se livre, Tassilon et Adalgise y perdent la vie. Mais Constantin a fait transporter de Bizance en Italie une tour formidable, mécanique surprenante vomissant par mille canaux des feux inextinguibles; il s'est emparé de Rome et va massacrer le pape Adrien, s'il n'est sacré par lui Empereur des Romains. Charlemagne va secourir Viterbe; Theudon, roi des Huns est tué, et son armée exterminée jusqu'au dernier soldat. Cependant Voldemar en butte aux caprices sanguinaires de Constantin, s'élance dans le Tibre (1), vient implorer la clémence de Charles, et lui indique les moyens de détruire les terribles effets de la tour. Une trève est accordée pour sauver les jours du pape; il se rend au camp de Charlemagne, unit des nœuds de l'hyménée les princesses et leurs amans. La trève expire, les avis de Voldemar, ont rendu inutile la

---

traits qui attestent la douceur et la reconnaissance des animaux les plus féroces. Didier en cette occasion ressemble assez à cet esclave nommé *Androclès* qui vécut pendant trois ans avec un lion dans les forêts d'Afrique. *Triennium totum ego et leo in illâ specu eodem victu viximus.*

Aulugel Lib 5, Cap. 14.

(1) Tum demum præceps (Turnus) saltu sese omnibus armis
In fluvium dedit : ille suo cum gurgite flavo
Accepit venientem, ac mollibus extulit undis.

Ænéid. Lib. 9.

pluie de feux tombant de la tour infernale. De cette tour même, l'exécrable Isménor, Isménor désespéré s'élance, écrâse deux nouvelles victimes, et périt,

» Privé de son secours, l'orgueilleux Constantin,
» Maudit de l'Occident, maudissant son destin,
» S'enfuit et dans les murs de Bizance allarmée,
» Va cacher sa douleur, sa honte et son armée,
» Tandis que renonçant aux belliqueux hasards,
» Pour faire asseoir la paix au trône des Césars,
» Charle, illustrant la France et son siècle et l'histoire
» Dans Rome est couronné des mains de la victoire.

Telle est la fable de *la Caroléide*, à quelques incidens près, telle est la marche générale du poème, autant qu'il m'a été possible de l'indiquer dans une si courte analyse.

Si le lecteur a remarqué combien la vérité dans la vie et les actions de Charlemagne est voisine des faits surnaturels, ou plutôt, jusqu'à quel point les actions surnaturelles s'identifient avec la vérité, il verra sans surprise que le poète a cru pouvoir, sans trop blesser les principes constitutifs de l'Epopée, éloigner, dans la fable de la Caroléide, l'emploi du merveilleux, puisque tout est merveilleux de sa nature, le héros, les personnages, les caractères, les événemens. A l'exception de quelques incidens inventés, de quelques personnages fictifs et de deux caractères principaux créés les plus dangereux ennemis de Charlemagne, et dont l'un est même encore un être idéal et chimérique, tous les acteurs ont une existence historique, et leurs mœurs et leurs actions sont dans le poème conformes aux portraits que les historiens nous ont laissés des héros de ce siècle. On ne trouve ici ni vices ni vertus personnifiés, à moins qu'Isménor, imité du magicien Isméno de la Jérusalem délivrée, ne réunisse en sa personne les vertus et les vices, n'en soit l'image allégorique et agissante, l'image infernale et céleste. Je place ici l'un et l'autre portraits, afin que l'on puisse juger de la ressemblance.

Ici c'est un héros chez qui l'on voit unie
La force à la beauté, la science au génie;
Qui partout des talens, des beaux-arts qu'il chérit,
Sut embellir son corps, enrichir son esprit;
Qui, général prudent, saisit d'un œil rapide
Un plan qu'il exécute en soldat intrépide;
Tel enfin que si Dieu l'eut créé de ses mains,
Pour qu'il fut le modèle et l'orgueil des humains....
Là c'est un monstre impie, atroce, sanguinaire,
Qui brave également les lois et le tonnerre,
Qui d'un masque imposteur, avec art revêtu,
A servir ses forfaits contraignit la vertu;
Qui sans cesse entassant victimes sur victimes,
Etouffa le remords sous le poids de ses crimes;
Tel enfin que Satan l'eut vomi des enfers
Pour qu'il fut à jamais l'horreur de l'univers.

Caroléïde, chant Ier.

Ismen, che trar di sotto à i chiusi marmi
Puo corpo estinto, e far che spiri, e senta:
Ismèn, che al suon dé mormoranti carmi
Sin ne la reggia sua Pluton spaventa,
Ei suoi demon ne gli empi uffici impiega,
Pur come servi, e gli discioglei, e lega.
Questi hor macone adora, e fù christiano,
Ma i primi riti anco lasciar non puote;
Anzi sovente in uso empio e profano
Confonde le due leggi à se mal note.......

Jero. Lib. Cant. 2.

La renommée dans ce poème n'a point de bouches, d'aîles et d'yeux; la discorde n'y vient point, une torche à la main, souffler l'esprit des vengeances, animer les peuples à la révolte, les précipiter dans les batailles; et la guerre y exerce toutes ses fureurs, répand des flots de sang humain, étend au loin les incendies et les ravages, sans emprunter les traits et les cheveux de Bellone, le char et la pique du dieu de la Thrace. Si la religion triomphe, elle n'a point quitté l'enceinte sacrée des cieux; elle ne descend point sur terre, précédée de l'humilité, accompagnée de prières suppliantes, pour implorer le secours, et la puissance de Charlemagne contre le renversement de ses temples, la dispersion de ses ministres; elle n'apparaît point aux nations sous l'éblouissant emblême des ornenemens pontificaux. Si Charlemagne entre dans Rome, siège éternel de la religion, pour revêtir son front de la couronne impériale, Charles est éclairé, la foi et la vérité ont toujours régné dans son cœur, ses combats et ses victoires n'ont d'autre but que l'étendue et la stabilité de leur empire; en un mot, nul être moral ne prend ici

.... Un corps, une ame, un esprit, un visage....]

Sans doute il faut être doué d'un véritable génie pour refuser d'entrer dans la route ouverte et tracée par des génies supérieurs, non qu'en les reconnaissant pour des modèles inimitables, et qu'en admirant les beautés de tout genre répandues dans leurs ouvrages, on doive se traîner superstitieusement sur leurs pas. Sans doute il faut porter dans son ame un profond sentiment de ses forces et de l'étendue de ses moyens; sans doute il faut avoir une connaissance intime, illimitée de toutes les ressources que l'art peut offrir, pour oser bannir d'un poëme épique le merveilleux, ce ressort si puissant, si actif, si fécond en élans inspirateurs; pour se priver du secours d'une puissance céleste, dont l'influence est si marquée sur les actions humaines, quoique sa main soit invisible, ou bien d'un génie qui assiste au conseil des dieux, brouille, dénoue, obscurcit, éclaire, conduit selon sa volonté tout ce qui se passe sur la terre. M. Théveneau, qui a joint à la prose de son plan le premier chant versifié, annonce assez clairement, par cette invocation à l'Histoire, qu'il a exclu la fable et la magie :

» Toi qui peins les héros, et les mœurs et les tems,
» Histoire, ouvre à ma voix tes fastes éclatans!
» De dix siècles unis franchissons l'intervalle,
» Et, sur-tout, que jamais la Fable ta rivale,
» Ne mêle à tes discours ses récits mensongers!
» Que jamais t'étouffant sous des faits étrangers,
» La magie, art fécond en *stériles* merveilles,
» N'ose usurper tes droits et profaner mes veilles.
» Mais si m'abandonnant dans un espoir si beau
» Quelquefois à mes yeux s'éclipse ton flambeau,
» Souffre alors que sans lui poursuivant ma carrière,
» De fastes moins brillans j'emprunte la lumière.
» Sinon j'imiterais le stupide nocher
» Qui dès que le soleil atteindrait son coucher,
» N'osant lire sa route au séjour des étoiles,
» A des vents protecteurs refuserait ses voiles. »

Aux réflexions qui ont précédé ces vers, je pourrais en ajouter de nouvelles pour combattre ce dessein général du plan, et cette résolution obstinée du poète à éviter de faire agir la fable, parler des êtres allégoriques, d'animer par la fiction ses récits épisodiques, de personnifier des êtres moraux : je pourrais lui citer l'exemple de Boileau et de Voltaire, qui ont soutenu la hauteur et la fierté de l'Epopée, en donnant une ame, un corps, des accens à la discorde, la mollesse, la chicane, à la justice, la piété, la politique, la religion, au fanatisme, à la renommée, à l'amour; en attribuant aux vertus et aux vices tous les mouvemens des passions humaines. Et chacun sait que ces heureuses et modernes inventions, revêtues de la force des pensées, de l'harmonie du style, relevées par la pompe des images, font chaque jour le charme des lecteurs, sont admirées des esprits que le goût conduit et que les sciences éclairent. Pour soutenir mon sentiment, que je crois fondé, je citerai les paroles d'un écrivain estimé par sa traduction de Virgile : « Le merveilleux est » essentiel à l'Epopée, c'est ce qui en lie la » fable, et ce qui distingue l'ouvrage épique » soit de l'histoire, soit du roman....... » M. de Voltaire, dans sa Henriade, a re- » jetté tous ces êtres (les anges et les dé- » mons) et n'a employé que des êtres » moraux, comme la religion, la politique, » l'amour. C'est ce qu'il y a de plus sensé » dans le merveilleux épique, et le seul peut- » être qui soit supportable dans un poème

» moderne...... Le poème épique est un
» genre absolument perdu dans lequel les
» modernes échoueront toujours, à moins
» qu'ils ne lui donnent une forme telle que
» M. Despréaux l'a donnée à son *Lutrin*,
» et M. de Voltaire à sa *Henriade*. » Et je terminerai les observataions relatives à ce sujet, par le jugement du législateur du Parnasse français.

» Ce n'est pas que j'approuve en un sujet chrétien,
» Un auteur follement idolâtre et payen.
» Mais, dans une profane et riante peinture,
» De n'oser de la *fable* employer la figure;
» De chasser les Tritons de l'empire des eaux;
» D'ôter à Pan sa flûte, aux parques leurs ciseaux;
» D'empêcher que Caron, dans la fatale barque,
» Ainsi que le berger ne passe le monarque,
» C'est d'un scrupule vain s'allarmer sottement
» Et vouloir aux lecteurs plaire sans agrément. »

Si je n'avais déjà dévoilé par quelques notes plusieurs imitations, je les aurais toutes classées dans un paragraphe particulier. Je suis cependant bien éloigné de penser que le génie de M. Théveneau, soit incapable de créer en imitant : je sais au contraire qu'il peut, comme quelques écrivains qui l'ont devancé, enrichir sa langue des beautés des langues anciennes et modernes, parce qu'il en possède la connaissance à un degré qui n'est pas commun. Qui a plus imité les anciens que Boileau, Racine, Lafontaine, J.-B. Rousseau ? Euripide, Sophocle, Homère, Lucien, Virgile, Horace, Tacite, Juvénal n'ont-ils pas sous la plume des poètes Français des grâces et une vigueur nouvelles ?

Mais sans franchir les bornes d'une critique modérée, je puis me permettre, ce me semble, de blâmer des imitations, dont le défaut est d'être trop apparentes, trop vulgaires, et que des écoliers même pourraient marquer du doigt, *digitis charta notata meis*.

En effet, sans répéter que l'Ismeno de la *Jérusalem délivrée* est le type de l'Isménor de la *Caroléide*, que les feux allumés par celui-ci sont magiques comme les feux de celui-là (1); sans représenter que cette mère, qui au siége de Pavie se donne la mort pour faire de son corps un effroyable festin à ses deux enfans, est une combinaison retournée, mais hors de la nature, du trait si connu, si attendrissant, si horrible de la Henriade; sans redire que la scène d'Egbert et d'Isambart n'est qu'une ressemblance d'Oreste et de Pylade, je montrerai, comme espèce de plagiats, Clodomir et Adelinde, périssant dans les combats (2), tels que Gildippe et Odoart de la Jérusalem; l'armée Française marchant sur Eresbourg, exposée, comme les Chrétiens devant Jérusalem, aux brûlantes ardeurs du soleil, aux exhalaisons enflammées d'une terre embrâsée, tourmentée d'une soif dévorante, livrée au

(1) Ma soura ogni dì fesa Ismen prepara
Copia di fiochi inusitata e rara......
Cant. 12.

(2) Gildippe et Odoardo, i casi vostri
Duri et acerbi, e i fatti honesti e degni......
Cant. 20.

désespoir; même situation, même tableau; la prière de Charlemagne entièrement calquée sur celle de Godefroi; mêmes pensées, mêmes expressions, même prodige (1); je montrerai que Romaléon, le coursier de Charlemagne, tombe et périt de même que Bucéphale (2); je ferai voir que les tours construites par Guillaume, amiral de la flotte Génoise, 18me chant de la Jérusalem (3), ont

---

(1) « Grand Dieu, s'écrie Charlemagne, Dieu tout-puissant, » qui pour prouver aux Hébreux ta céleste bonté, commandas » au rocher aride de faire jaillir des torrens d'eau de son sein » desséché, daigne ici renouveler cette preuve éclatante de ta puissance infinie. » *Caroléide*, *Chant* 9.

Padre, e Signor, sal popol tuo piovesti
Già le dolci rugiade entro al deserto,
S'à mortal mano già virtù porgesti
Romper le pietre, e trar del monte aperto
Un vivo fiume, hor rinovella in questi
Gli stessi essempi : e s'ineguale è il merto,
Adempi di tua gratia i lor difetti
E giovi lor che tuoi guerrier sian detti.

Cant. 13.

(2) Cum in eo insidens Alexander, in hostium cuneum, non satis sibi providens, immisisset, conjectisque undique in Alexandrum telis, vulneribus altis in cervice atque latere equus perfossus est : moribundus tamen, ac propè jam exanguis, è mediis hostibus regem vivacissimo cursu retulit; atque ubi eum extra tela extulerat, ilicò concidit : et deindè jam superstitis securus, quasi cum sensûs humani solatio expiravit.

A. Gel. Lib. 5. Cap. 2.

(3) Ma fece opra maggior : mirabil torre, ...

Cant. 18.

servi de modèle à la construction de la fameuse tour que Constantin fait venir de Bizance ; que la prière du pape Adrien, et la pluie miraculeuse, qui éteint les flammes du bûcher prêt de le dévorer, outre qu'elles sont une copie de la prière et des eaux miraculeuses de Charlemagne, me paraissent encore puisées dans le 18me chant du Tasse, lorsque des vents propices repoussent avec violence les tourbillons de flammes dans les yeux mêmes de ceux qui les ont allumées et qu'elles embrâsent toutes les machines des assiégeans ; en un mot que la fin d'Isménor est un acte de désespoir et un châtiment de ses crimes, comme la fin et le châtiment d'Isméno (1).

Je me suis attaché à relever toutes ces imitations, parce que j'ai cru m'appercevoir que le poète dans la construction de sa fable s'est tracé un plan tout à fait opposé aux plus célèbres poèmes épiques que nous connaissons, l'Iliade et l'Enéïde ; parce qu'il m'a semblé qu'il évitait de présenter ses personnages dans des situations où ils auraient pu avoir quelque conformité avec Achille, Agamemnom, Nestor, Ulysse, Ménélas, Hélène, Hector, Andromaque ; avec Enée, Didon, Turnus, Lavinie ; parce que je me suis convaincu que les passages que je viens de citer sont des images

(1) Ma l'impio Ismen, che le sulfurce faci
Vide da borea in contra se converse
Ritentar volle l'arti sui fallaci
Per sforzar la natura, et laure avverse. . . . . . .

Littéralement

littéralement copiées dans le Tasse, qui n'a pas dédaigné de choisir pour modèles les deux plus grands peintres de la nature, Homère et Virgile ; et dont l'ouvrage héroïque, malgré l'hermite Pierre, le magicien Isméno, la forêt enchantée, son clinquant, ses antithèses, et les critiques de Boileau, en illustrant l'Italie, suivra dans les siècles à venir la destinée de tout ce qui excite l'admiration des hommes. Je les ai détaillées ces imitations, parce que je sais que le génie de M. Théveneau est bien supérieur à de pareils larcins ; or l'invention et la fécondité dont sa Caroléïde donne des preuves, lui imposent l'obligation d'effacer la conformité de ces traits, de les revêtir de formes plus nouvelles, de les embellir par des couleurs plus particulières et plus variées.

Mais examinons le héros du poème, et voyons si le poète lui a donné autant de grandeur et de majesté que Charlemagne en a véritablement ; voyons si dans le champ de la fiction, il nous inspire le même intérêt, la même admiration que sous la plume de l'histoire.

Je dirai avec M. de Montesquieu : « Tout » fut uni par la force de son génie. L'empire » se maintint par la grandeur du chef ; le » prince était grand, l'homme l'était davan» tage. Son génie se répandit sur toutes les » parties de l'empire. On voit dans les lois de » ce prince un esprit de prévoyance qui com» prend tout, et une certaine force qui en» traîne tout. Il savait punir, il savait encore

» mieux pardonner. Personne n'eut à un plus » haut degré l'art de faire les plus grandes » choses avec facilité, et les difficiles avec » promptitude. Il parcourait sans cesse son » vaste empire, portant la main partout où il » allait tomber. Les affaires renaissaient de » toutes parts, il les finissait de toutes parts. » Jamais prince ne sut mieux braver les dan- » gers, jamais prince ne les sut mieux éviter. » Ce prince prodigieux était extrêmement » modéré, son caractère était doux, ses ma- » nières simples, il aimait à vivre avec les » gens de sa cour. » Voilà le héros de l'histoire, *nec vox hominem sonat.*

Dans le poëme, dont l'action ne s'étend pas au-delà d'un mois, Charlemagne ne peut inspirer que de faibles mouvemens d'intérêt et d'admiration, puisqu'il est oisif pendant les huit premiers chants. Et aussitôt qu'il a prononcé un discours assez éloquent et dicté ses volontés aux vainqueurs et aux vaincus rassemblés dans la ville d'Aix, la grandeur du héros s'affaiblit et diminue, car on le voit dans sa cour sans cesse exposé à des embûches domestiques qui décolorent la majesté de l'Epopée, suspendent par leur répétition la marche du poëme; et ce prince, qui *se joua des périls qu'éprouvent toujours les grands conquérans*, laisse renaître les conspirations autour de lui, et succomberait comme un enfant, s'il n'était protégé et sauvé par une femme à qui le hazard a découvert les ténébreux complots de Pépin et de l'enchanteur Isménor. Et pourquoi le poëte compromet-il ensuite la gloire de son héros dans un combat inutile et dangereux contre un buffle sauvage ?

Les travaux guerriers de Charlemagne, ses victoires sur Didier, sur les Sarrazins et les Suèves, son mariage avec Madelgarde, la soumission de Witikind sont des récits épisodiques uniformément amenés, et chantés par Bardes, des *Troubadours, des Druides*, quoiqu'il y ait entre les Druides et les Troubadours un intervalle de sept siècles ; mais

> Pictoribus atque poëtis
> Quidlibet audendi semper fuit æqua potestas.

et je suis porté à croire que si M. Théveneau avait voulu profiter, comme peintre et poète de cette permission, sans blesser toutes fois les convenances, il aurait ouvert devant lui une immense carrière où la fiction n'aurait point altéré la vérité de l'histoire, où l'histoire, toujours noble et majestueuse, pouvait orner et adoucir la sévérité de ses traits de quelques fleurs empruntées à *la fable sa rivale*.

La suite des exploits de Charlemagne en Italie, manque de développement et de richesse dans les détails. Ce sont bien d'autres combats, c'est un autre champ de bataille, mais la description n'en est point assez variée, les peintures sont uniformes, également coloriées. Puisque le génie du poète s'est rencontré en quelques points avec le génie du Tasse, pourquoi n'a-t-il pas animé ses batailles du même feu et de la même variété, elles eussent été plus pittoresques, plus intéressantes.

J'aurais desiré que l'auteur eût aussi donné plus de développement à l'amour des filles de Charlemagne, qu'il eût rattaché plus directement leur passion et celle des paladins qui soupirent pour elles à l'ensemble de son poème. Quoique ces amours ne puissent être qu'épisodiques, je pense que l'intérêt qu'ils inspirent serait plus tendre et plus vif s'ils étaient embellis par des détails gracieux, des descriptions animées, des situations plus inattendues, des tableaux plus voluptueux.

Deux héros, Witikind et Constantin, pouvaient servir à montrer Charlemagne aussi grand, aussi prodigieux, aussi admirable qu'il l'est en effet. Leur génie si fier, si indompté, du moins celui du premier, leur génie inépuisable en ressources, déployant après une défaite la même force de caractère, la même audace qu'avant le combat, soufflant une haine inaltérable dans le cœur des peuples, invoquant et défendant la religion et les dieux de leurs ancêtres, soulevant le Nord quand le Midi succombe, appellant les Saxons quand les Huns sont en fuite, portant sur la mer leur éternelle fureur, quand la terre leur refuse des moyens et un asyle, multipliant sans cesse autour de leur ennemi des dangers aussi grands qu'ils sont facilement surmontés; leur génie qui les eût rendus célèbres et redoutés, aurait élevé Charlemagne au-dessus de sa propre grandeur, puisque leur défaite eût été une victoire, leur chûte un triomphe. Mais Witikind n'est qu'une ombre affaiblie d'Arminius, et l'histoire lui donne une ame plus noble, plus courageuse, plus indomptable que le poème; mais Constantin, qui d'abord a développé à la cour de France un caractère aussi guerrier qu'audacieux, et qui paraît le seul héros véritablement opposé à Charlemagne, borne toute son ambition à desirer la princesse Rotrude, toutes ses manœuvres à soulever quelques princes, tous ses succès à la prise de Rome sans défenseurs, pendant l'absence de Charles; voit tomber en un jour, en une heure, et presque sans combat le formidable appareil de ses guerriers et de sa tour qu'il a transportés de Byzance.

Le magicien Isménor dont l'auteur fait *un héros qui unit la science au génie, et un général prudent qui*

Saisit, d'un œil rapide,
Un plan qu'il exécute en soldat intrépide,

n'est qu'un vil assassin qui dans le cours du poème, ou poignarde, ou écrase neuf victimes. Toute *sa science*, tout *son génie*, toute sa magie s'épuisent à conspirer *sans prudence*, de nuit et dans des bosquets, à se faire l'âme de complots obscurs contre Charlemagne, à se déguiser sous les habits d'un médecin et d'un voyageur, à envelopper les cornes d'un buffle de *feux que l'art a depuis inventés*, à porter sur soi un livre et des herbes magiques, à rompre les fers dont il est chargé, à répandre sur sa figure une couleur noirâtre, à se cacher dans la statue d'Irmensul par soif de sang humain, enfin à périr misérablement dans une tour. Cet Isménor n'a que le génie du mal, encore le fait-il sans des raisons bien suffisantes, sans le plus léger succès pour ses desseins. *Ce héros, ce général prudent, ce soldat intrépide* ne conçoit aucun plan, n'exécute aucun projet, ne fait aucune action de bravoure, ne commande aucune armée, n'assiste à aucune bataille, ne dispute aucune victoire. Ses moyens sont petits et ridicules, ses actions odieuses et atroces, ses résultats malheureux et baignés de sang. Par-tout on le voit pour commettre des forfaits infructueux; nulle part, pour relever par un acte sublime la fortune de son parti penché vers sa ruine. L'auteur a rejetté toute magie, et la magie seule est le mobile des intrigues d'Isménor. Le poète a mis beaucoup de prétention à tracer le portrait de cet être fortuit; il l'a dotté des perfections de Dieu et du génie du diable, et le poème ne présente Isménor ni assez grand pour être le fils d'un Dieu, ni assez exécrable pour être le fils d'un diable.

Quand Lucain, que je ne citerai point comme modèle du genre épique et de style, a dessiné des portraits, il n'a choisi que les deux héros de son poème; et si Quintilien a loué sous quelques rapports l'auteur de la Pharsale, il n'approuvait pas, je pense, les deux comparaisons emphatiques qui accompagnent la peinture du génie de César et de Pompée.

Cependant comme un poëme épique est l'ouvrage le plus grand que les hommes puissent entreprendre, comme il est pour la poésie française une matière de difficultés presque insurmontables, je publierai que le siècle de Charlemagne est le sujet le plus vaste, le plus riche, le plus varié, le plus poétique de toute l'histoire de France. *Quæ tam copiosa, tam lata, tam denique poëtica, et quamquam in verissimis rebus, tam fabulosa materia!* s'écriait Pline le jeune, en parlant de la guerre des Daces terminée par l'empereur Trajan. Un tel sujet réunit en lui-même deux intérêts bien chers à un auteur, l'intérêt général qui anime la curiosité des nations, et l'intérêt particulier qui touche vivement le cœur de sa propre nation. Un poète peut donc compter sur un premier succès, en exposant à la vue du peuple Français les événemens fameux de son histoire, en lui peignant sous d'imposantes couleurs les guerriers qui l'ont défendu, les philosophes qui l'ont éclairé, les grands hommes qui l'ont illustré. L'époque du règne de Charlemagne n'est point trop éloignée de notre mémoire, et la gloire qu'il a répandue sur son siècle est plus que jamais présente à nos regards, je veux dire que nous voyons comme dans une glace les faits héroïques de cet empereur immortel, puisqu'ils sont réfléchis par les faits héroïques dont nous sommes depuis dix ans les temoins oculaires : et c'est en quoi j'admire l'adresse du poëte qui a su créer en nos ames un troisième intérêt, un sentiment semblable à celui que Virgile inspirait aux Romains pour la personne d'Auguste dans la peinture de la piété et des actions militaires d'Enée.

Ainsi un pareil sujet amenait naturellement, et l'on regrettera sans doute de ne pas trouver la description des villes remarquables que parcourent les vainqueurs, celle des mœurs et des usages des nations vaincues, celle de leurs lois et de leur religion, celle des mers, des grands fleuves et des pays qui en sont arrosés, *mores hominum multorum vidit et urbes*. Voyez comme le Tasse décrit d'une manière pittoresque les régions que traversent Charles et Ubalde pour aller arracher Renaud des bras enchantés d'Armide! Comme il se plaît à nommer les Empires et leurs fondateurs, à indiquer les villes et leur position, à vanter les sciences et les arts qui florisssent dans leur sein! comme ces peintures détachées jettent une aimable variété dans l'ensemble de son poème!....

Quelle magnifique opposition eût présentée aux nombreuses batailles de terre, la flotte construite dans la Manche par les ordres de Charlemagne et la reconstruction du fare de Boulogne! Quel plaisir pour le lecteur de suivre ce prince au passage de l'Elbe avec une flotille, d'assister à ses combats maritimes contre les Danois; de voir Godefroy le chef de ces barbares se retrancher derrière un large fossé, pratiqué entre l'Océan et la mer Baltique, aux confins de la Chersonnèse Cimbrique! Que ces derniers mots rappelleraient des noms célèbres, et réveilleraient de poétiques souvenirs.

Quel parti merveilleux, M. Théveneau n'aurait-il pas tiré des armes formidables et énormes de Charlemagne. Pourquoi cet empereur dont la stature était plus qu'humaine, pourquoi ce héros aussi robuste qu'Hercule, plus invincible qu'Achille, n'aurait-il pas reçu de quelque divinité ou génie des armes d'une trempe céleste, et un bouclier où il eût vu tracés les futurs exploits de ses successeurs, et sous un voile bleuâtre, la gloire couronnant dans une perspective de dix siècles un autre Charlemagne.

Le plan que M. Théveneau a livré aux regards du Public, est, si j'ose parler ainsi, le vestibule de l'édifice qu'il s'est proposé d'élever. Ce plan, où l'on trouve des morceaux bien pensés, est écrit avec une chaleur non interrompue, et souvent avec élégance ; il établirait la réputation littéraire d'un homme qui bornerait son ambition à n'écrire qu'en prose, Il confirme la haute opinion que des poésies pleines de verve, ont donnée des talens de l'auteur : il est parsemé de vers qui, dans le cours précipité de sa prose, sont échappés à son génie, comme au milieu d'une nuit obscure, on voit se détacher du firmament de longs traits de lumière et de feu. Le lecteur pourra par les deux passages suivans apprécier la prose de M. Théveneau, et la justice de mes observations. Le premier est le portrait d'Irène.

« Chazare fils de Copronyme, en passant » par Athènes, voit un jour une fille char- » mante, Irène, qui jouait le rôle de la vierge

» et soudain l'ennemi des adorateurs des » images, devient l'adorateur le plus zélé de » cette image vivante. Il déclare bientôt son » amour, et son amour est accueilli. . . . . . » Elle prévoit d'un coup d'œil qu'au lieu » d'être l'image de la reine des cieux, elle » peut elle-même devenir reine sur la terre. » A compter de cet instant, ses défauts se » changent en vices, et ses vices en crimes. » Perfide, elle trahit un amant qui avait reçu » sa foi. Barbare, elle le voit d'un œil sec, se » poignarder de désespoir. Impie, elle abjure » la religion de ses pères, pour jurer d'em- » brasser la secte de son nouvel époux. Par- » jure, elle professe secrètement le culte des » images, qu'elle a publiquement abjuré. » Fille dénaturée, elle empoisonne son beau- » père. Epouse ingrate, elle assassine son » époux et son bienfaiteur. Mère ambitieuse, » elle usurpe sur son fils un empire que re- » vendiquent et son sexe et son âge. Enfin, » tous les pas qui l'ont conduite au trône, tous » les jours qu'elle a vécu sur le trône, sont » souillés par autant de forfaits. »

Le second est la destruction de la statue d'Irmensul par Isambard un des paladins de Charlemagne.

« Déjà l'instant fatal du sacrifice est arrivé, » tout-à-coup des nuages d'encens s'élèvent, » en serpentant jusqu'à la voûte du temple; » d'épaisses ténèbres enveloppent le sanc- » tuaire, en dérobent la vue aux yeux des » Saxons; on entend mugir des volcans sou- » terrains, dont les flammes, s'exhalant du

» sein de la terre, disputent par intervalle
» l'obscurité de la nuit qui n'en paraît ensuite
» que plus obscure. Bien tôt l'ombre du grand
» Arminius et celle des principaux défenseurs
» de la liberté Germanique apparaîssent,
» grandissent, décroissent et disparaîssent aux
» regards épouvantés. Enfin la statue s'anime;
» ses yeux roulent deux orbes ensanglantés;
» une écume rougeâtre coule de ses lèvres.
» Tout-à-coup, son bras redoutable s'est
» levé, et aussi-tôt la terre a mugi, l'autel a
» tressailli sous les pieds du héros : alors tout
» tremble pour Isambard, hors Isambard
» lui-même. Attentif à tous les mouvemens
» du bras de la statue, il ne les perd jamais
» de vue, et à l'instant où le sabre terrible
» retombe, en menacant sa tête, il s'élance
» de côté, et le sabre ne frappe que le pavé,
» d'où rejaillissent d'innombrables étincelles.
» Un second, un troisième coup sont portés
» avec encore plus de force, et parés avec le
» même succès. Cependant le héros est loin
» de se voir hors de danger. Les mugissemens
» souterrains incommodent ses oreilles; les
» étincelles sans cesse renaissantes éblouissent
» ses yeux : le tremblement du sol fait chan-
» celer ses pas; enfin, les attaques, de plus
» en plus rapides que lui porte le bras fatal,
» fatiguent tout son corps. Occupé par tous
» les sens à la fois, il perd à chaque coup de
» sa force et de son courage; déjà une sueur
» abondante ruisselle de tous ses membres
» épuisés; déjà tout tremble pour Isambard,
» et Isambard lui-même, lorsque le héros

» s'apperçoit que tous les dangers deviennent
» à la fois moins fréquens et moins terribles :
» cette remarque lui rend la vie : plus le péril
» décroit, plus son courage augmente ; et
» dans l'instant où le bras devenu languissant
» lui porte lentement un coup mal assuré,
» Isambard le frappe d'un coup de sabre obli-
» que, et si terrible qu'il le casse à l'endroit
» où il se joint à l'épaule, et montre au jour
» et aux Saxons, des ressors cachés qui le
» fesaient mouvoir, et dont le jeu continuait
» encore. . . . . Le peuple, toujours excessif
» dans sa haine comme dans son amour, de-
» mande qu'on lui livre le grand Prêtre, pour
» le lapider. »

Toutes les parties de cet ouvrage ne sont cependant pas écrites avec cette énergie ; et en général on y trouve plus de force que de molesse. On remarque que l'auteur court quelquefois après l'esprit, qu'il recherche trop l'antithèse, le contraste des pensées et des mots, qu'il veut peindre d'un trait ce qui a besoin de développement. Ce défaut est commun à beaucoup d'auteurs, et des hommes de génie y sont tombés. On sait que ces affectations puériles dessèchent et énervent tout genre d'éloquence.

Je terminerai ces réflexions critiques que j'ai peut être trop étendues par trois autres morceaux extraits du premier chant versifié ; mais je ne me permettrai point de prononcer sur le mérite de la versification : le lecteur suppléera sans peine à mon insuffisance. Charlemagne s'adresse à ses grands, à son peuple, à ses captifs :

« O toi qui m'as vu naître ! ô France ! ô ma Patrie !
» Et vous, Français, que j'aime, et toi, ville chérie,
» Après dix ans d'exil, qu'il est doux à mon cœur
» De rentrer dans vos murs, et d'y rentrer vainqueur !
» Peuple, en cette journée, à jamais mémorable,
» Bénissons l'Éternel, dont le bras secourable,
» A travers cent périls, ramène triomphans
» Vos frères, vos amis, vos pères, vos enfans......
» Eh ! qui fut moins sensible à la gloire des armes,
» Qui chérit plus la paix, fit mieux goûter ses charmes....
» Que celui qui sans cesse au bien de ses sujets
» Consacra ses travaux, son tems et ses projets ;
» Qui chassa par degrés la nuit de l'ignorance
» Dont le voile honteux obscurcissait la France......
» Qui du Nord au Midi, des cités aux hameaux
» De l'arbre du commerce étendit les rameaux......
» Qui pourrait sans frémir, embrasser d'un coup d'œil,
» Ces jours, ces tristes jours où de sang et de deuil,
» Où, d'ennemis sans nombre au dehors entourée,
» Par ses propres enfans au dedans déchirée,
» La France vers le ciel, témoin de ses malheurs,
» Suppliante, élevait ses yeux noyés de pleurs.....
» L'Éternel de la France en pitié vit les larmes ;
» Il dit à la victoire : accompagnez ses armes !
» Il dit à la terreur, à la fuite, au trépas :
» Dans les rangs ennemis précipitez vos pas !
» Il dit aux aquilons bouleversez les ondes !
» Il dit aux mers : ouvrez vos entrailles profondes !
» Et docile à sa voix, l'Océan dans ses eaux,
» Des Danois et des Grecs engloutit les vaisseaux.....

Isménor vient de jurer sur le cœur palpitant du fils de Fastrade

» D'employer contre Charle et la flâme et le fer.
» Il dit : et les guerriers que son exemple anime
» Répètent son serment d'une voix unanime :
» A ce bruit souterrain, par l'écho redoublé,
» La terre a tressailli, les voûtes ont tremblé ;
» On eut dit que des morts les tombes mugissantes
» Répondaient, en courroux, à leurs voix menaçantes ;

» Ou que l'enfer, ravi de leurs affreux sermens,
» Répondait à leurs cris par de longs hurlemens.

Je ne ferai qu'une seule critique sur le dernier morceau; encore sera-t-elle dirigée plutôt contre les pensées que renferment ces vers, que contre les vers eux-mêmes.

» Plus tarda son retour (de Charlemagne) plus la
» vue attentive
» S'arrête, et sur lui seul s'arrêterait captive,
» Si l'éclat de son char n'éblouissait les yeux.
» Il est tel, que l'oiseau qui, planant dans les cieux,
» Seul de l'astre du jour contemple la lumière,
» S'il contemplait ce char, baisserait la paupière. »

Cette vue qui s'arrêterait captive sur Charlemagne, si l'éclat de son char n'éblouissait les yeux, ce char qui est tel que l'aigle, qui contemple la lumière de l'astre du jour, baisserait la paupière, s'il contemplait ce char, tout cela me parait puérile, affecté, ridicule, ampoulé. Ces vers sont pleins d'enflure, et l'enflure s'étend jusqu'aux pensées. C'est ainsi que Lucain, par des tours extraordinaires et des termes pompeux, mais vides de sens, s'attache à peindre des objets petits et souvent méprisables. En voici un exemple entre mille. Pour relever la grandeur de Néron il dit :

Œtheris immensi partem si presseris unam
Sentiet axis onus. . . . . .
Si l'un ou l'autre pole avait rempli ton choix,
Ses essieux trop chargés gémiraient sous le poids.

(Brébeuf.)

Le caractère principal du talent poétique de M. Théveneau, c'est la force. Je pense qu'il doit se mettre en garde contre cette vigueur qui, en donnant à ses vers l'éclat de l'acier, leur en donnerait aussi la dureté. S'il ne sait l'affaiblir et la modérer, je crains qu'elle le conduise dans l'enflure, l'affectation et le sublime outré; et peut-être ne trouverons-nous nulle part, même en ses peintures d'amour, ce *molle atque facetum* qui distingue si éminemment chez les Latins les poésies de Virgile, et chez les Français les productions de Racine.

Si ces réflexions ont perdu, par le tems qui s'est écoulé depuis la publication du plan de *la Caroléïde*, un intérêt qu'elles n'auraient dû qu'à l'à propos, il me semble que les circonstances présentes leur rendent une espèce de mérite politique que l'auteur est jaloux de faire sentir, et dont il revendique le partage.

Dans le cours de cette critique, j'ai trop souvent montré le parallèle des évènemens, des héros, des guerriers du siécle de Charlemagne, avec les évènemens, les héros, les guerriers de ce siècle (1); j'ai trop souvent rappellé quelle parfaite ressemblance de gloire politique et militaire existe entre cet Empereur, et le seul homme digne aujourd'hui de ce titre, pour ne pas me glorifier d'un vœu dont je pressentais la prochaine réalité, et les résultats bienfaisans (2).

Ces paroles (page 45) *la gloire couronnant dans une perspective de dix siécles un autre Charlemagne*, sont trop explicites, trop directes pour me refuser au plaisir de remercier M. Théveneau, qui m'a présenté une favorable occasion de développer des sentimens communs à tout Français, passionné pour la gloire de son pays, ami de la prospérité de la Nation, défenseur de la tranquillité et de la propriété des familles.

---

(1) Pages 5, 6, 12, 13.

(2) Pages 33, 34, 39, 40.

J'ignore si M. Théveneau, en composant son poème de Charlemagne, a voulu peindre des hommes vivans sous une couleur antique ; ce que je sais, c'est que l'allégorie est heureuse, noble, adroite, sensible : j'ignore si *la Caroléide* a été vue du héros qui en inspira la pensée, et dont l'ame grande, sublime rappelle si bien l'Empereur d'Occident ; ne serait-ce pas alors montrer une présomption peu sage, un desir immodéré, si j'espérais qu'un seul de ses regards pût tomber sur ces réflexions incorrectes. Quel rapport en effet entre un poème épique et une dissertation défectueuse sur ce poème ! Je dirai avec Properce :

Ut caput in magnis ubi non est tangere signis,
Ponitur hic imos ante corona pedes :
Sic nos nunc inopes laudis conscendere carmen
Pauperibus sacris vilia thura damus.

Quand nous ne pouvons placer nos couronnes sur le front des immortels, nous les déposons humblement à leurs pieds ; ainsi, moi, qui suis inhabile encore à chanter les louanges de César, je ne puis brûler pour lui, dans mes modestes sacrifices, que de vulgaires parfums.

F I N.

ERRATUM.

Page 13, ligne 17, sous la conduite d'Abdérame, lisez : sous la conduite des successeurs d'Abdérame.

HUGELET, Imprimeur, rue des Fossés Saint Jacques, N° 4, près la place de l'Estrapade.

www.ingramcontent.com/pod-product-compliance
Ingram Content Group UK Ltd.
Pitfield, Milton Keynes, MK11 3LW, UK
UKHW020217200726
13856UKWH00004B/1448

9 782013 053051